詩集

ノヴァ・スコティア

NOVA SCOTIA

樋口伸子

Higuchi Nobuko

石風社

装画・装幀　毛利一枝

詩集　ノヴァ・スコティア＊もくじ

*

夜の庭

都会の窪みに
見捨てられた家
見捨てられた庭
ここにどんな家庭があったのか
傾いた扉が開いて
今にも誰かが出てきそうだ

食器のふれあう音

階段のきしむ音
仏間のにおい
おとうさんの舶来ポマードのにおい
おかあさんの腋から　いいにおい
喧嘩のあとの塩辛い涙のあじ
夜の団欒には幽霊もまじって

ところで
あんた　誰？

空き家には空き家の
荒れ庭には庭の事情があって
夜ごと繰り返される家の年代記

わたし　ここで生まれた
わたし　ここで遊んだ
わたし　ここで泣いた
わたし　ここで死んだ

だから　だからって
ええ　焦れったい人

ある晩　通りかかると
女の子がひとり
まるい月を両手に抱え
朽ちかけた木製のシーソーの上を
往ったり来たりしていた

端まで往って　ゴトン
端まで戻って　カタン

いつまで続く
その　あやういバランス

春のゆうれい

ひとりでいるのに餅のように柔らか
なみだが出るのに湯気のような
ふわっ

あなたは誰　と訊くと
おまえは誰　と返ってくる
かすかな気配　たしかな温度

そうやって朝になるまで
その辺にいる親しいもの
またおいで　あしたも

短夜のひこうき雲

夕空にひこうき雲がのびる
そういう日和なのか空が律儀なのか
ひとすじふたすじと増えて
夕暮れが引きのばされる

九九を暗唱する小学生が二人
シチハチ・ゴジュウロクから進まず
交差点で空を見上げていたが

虹を見たことがないと言う

わたしの平凡な子ども時代は
平凡な雨上がりの空に平凡な虹が立った
ヘイボンな田舎ヘイボンな都会って？
二重の虹をくぐったり追ったり
この子らもどこかでするだろうか

男が歩きながら
披露宴の祝辞を小声で練習している
「あいさつは平凡でも短いが一番で……」
呟いて立ち止まり「おッ夜のひこうき雲」

日が暮れてもひこうき雲は何本も流れる
前の雲は広がり薄れまだらになって
くり返し見た記憶の天の川　いつどこで
遠くにあるミルキイ・ウェイ　誰と誰の

シチク・ロクジュウサン……
九九を覚えた子どもたちおやすみ
朝は白いミルクをのむのだよ

天使のお通り

（やぁァ〜　はッ）
弥生春色天地に満ちた古風な春に
中学生のわたしたち三人は
英語の女先生の家に招かれた

トランプをしたあとに
紅茶とシベリアケーキを出された
お行儀よくはしゃぎ疲れて

急に一瞬静かになったとたん
「天使のお通りよ」と先生の声
きょとんとする三人に
「あなた方の魂はまだ柔らかい。黙っていると
知らずに天使の夢にもっていかれるから」
窓を閉めながら先生はそういって
もうひとつの世界への通路を閉ざしたのだ
鏡の裏には雪柳の花が舞っていた

新学期が始まった　先生はいなかった
噂ではいけない人を好きになって
遠くに行ってしまったのだった

三人組は秘密を覗いた気で言いあった
先生は悪魔にもっていかれたのだ
いけない道をふさぐためにも
あのとき声にするべきだったのだ
「悪魔のお通り」　と

ずっと後になって
天使のお通りをフランス語で習った
習わないでもわかったことは
退屈な天使よりも悪魔の魅力
だから世界が沈黙したらすかさずに
やあ～　はッ　悪魔のお通りだ

素返《すがえ》し

ミモザ洋装店の青山さんは、立派な仕立屋さんだった。下手なお愛想や無駄口のない、かっちりきっちり仕立てられたスーツのような独身の女性《ひと》だった。戦後間もない時代、背筋がしゃんとして上背のある青山さん。癖のあるショートカットの髪にどこか厳しい大きな目。仕立屋さんより、西洋映画でみた女校長先生のよう。婚期とかお見合いとかいう言葉を寄せつけない雰囲気があったのだ。婚約者が戦死したのだとか、大失恋をして男嫌いになったのだとか、事情のある肉親を抱えているのだとかとかとか、子供にはどうでもいい話が刺のない噂の微風にのっては消えた。

　せまい間口のミモザ洋装店にお使いに出されると、青山さんを嫌いでもないのに、なぜかおずおずとなってしまった。仕立てた余り布は、正直に全部返すという評判の立派な人がなぜ怖かったのだろう。わたしは、きっと小さいときから立派恐怖症だったのだ。

　その青山さんが、父と母の小唄仲間だったのも不思議なことだ。青山さんは顔立ちも人間も上等の立派な人だと、母はほめた。だけど色気が足りん、と父はすぐ厳かに付け足して母にたしなめられた。「馬鹿、小唄には色気がいるんだ。だから、お前も上手くならんのだ。」母はぷっつり小唄をやめ、続けた父は名取になりお披露目会に出たあげく、綺麗どころにまじって常磐津までやりだした。（ああ、立派な母さん、のんきな父さん）そうか、色気と立派は仲が悪いのかと思った。

中学、高校と制服の素返しを青山さんにしてもらった。てかてか光っていたサージの布地は、そっくり裏返され縫い直されて立派なものに変わった。

すでに何十年もたち、小綺麗な町並みに変わった場所を通ると、今はない小さなミモザ洋装店の風を感じることがある。え、嬢ちゃん、詩を書いてるって？　そして、寡黙な青山さんの顔が正直なやさしさで少しゆるむ。わたしの中にミモザと青山さんがやっと自然に溶けこんでいると、奥から死んだはずの立派好きな母が出てきて、へ、詩なんてあなた、心の底まで上等かどうか判りゃしない。青山さん、一度、詩人たちを立派に素返ししてやってくださいな。

彼女はとても困った微笑を浮かべ、でも空とは違いますし、あまり汚れちまってからでは素返しもきかないのですが。そのとき、青山さんの上にミモザの空が広がり淡い色気がこぼれた。

声と声

「ノブコ　ノブコ
心配せずに帰っておいで・父母」
六年前から十月になれば出るという
毎年かならず朝刊に出るという
ひとが教えてくれた尋ね人
あなたのことじゃないよねぇ
もちろん　わたしのことじゃない
ちちはは死んで数十年

わたしはここにいる
ここにいます

信子さん　おはよう
延子さん　こんにちは
伸子さん　こんばんは
宣子さん　おやすみなさい
順子さん　いただきます
暢子さん　ごちそうさま

お元気でいてください
わたしの知っているのぶ子さん
わたしの知らないノブコさん

「ノブコ　ノブコ　帰っておいで」
角を曲がると知らない声がする
つむじ風が吹く
大勢のノブコたちが
落葉にまじって舞い散る

六年たっても同じ呼びかけが
新聞の片隅に父母より
橋を渡るとき覚えのある声がする
「心配しないで帰っておいで」
水面　光　海猫の一群が
名を呼びながら旋回する

わたしのことかも知れない　と思う
わたしのことにちがいない　と思う
きっと帰ろう　と思う
呼びかける声の方へ

夏休み

困ったものを見てしまった
八月の森の家で
ああ　困ったものを
見てしまった
空洞《うろ》になった古木の切株
大きな耳に似た突起
うちわに似たスピーカーに似た
樹の大耳が笑っている

あわてるな（消去　削除　取消）
見たものを消す呪文はないものか
耳が怖い　あっても怖い
なくても怖い
計画的に眠りについた
計画的にたのしい夢を
おやすみ　おやすみ
あれは空耳

ざ　ざ　ざ

困ったものがやって来る
ざざ　ざざざざ　ざ

耳の行列が耳を振りふり
声もなく夜を笑いながら
聴き耳を立てて
森の家の窓に貼りつく

知らない知らない
あたしはなあんにも
おやすみ　おやすみ
これも空耳

明ければ青ぞら　蝉のこえ
雲の帽子で頭を隠せば
空のことは空に聞け

耳のことは耳に聞け

帽子の理由

影法師がひとり
脱色された夏の裏道を
へらへら歩いている
見捨てた主人を捜して

自転車で轢きそうになり　あわててブレーキを掛けた。
地面から引き剥がし　抱き起こすと　厚みのない影は自
転車に凭れかかり　押しながら歩くわたしについてきた。

身軽になっていいじゃないか
かまえることも　張りあうことも
なくなって

別れの話もなかったの　ウン　そんな時期だったのかな
でも予想はしてたでしょ　ウン　さっぱりしていいよね
それぞれの道を歩くって。影も自立しなきゃあ。　ウン。
疲れてるなら泊まっていけば　客間なんてないけど。

三日三晩　影も形もなくして　眠り続けた影法師　ゆら
り起き上がると　帽子を取り　ぴょこりとお辞儀をして
振り向きもせず　気軽な口笛など吹いて　夕日の道に消

えていった。おーい　似合わないってばァ　ラデツキー
行進曲なんてェ。

縁側に転がっていた影の帽子
それから
いつもわたしの頭にのっている

星摘み

ちょっとそこまで煙草を買いに
そんな顔して出かけた男
そのまま居なくなって
人の話にも上がらなくなったころ
夜の空のずうっと向こうから

やあ、ここだよ
摘んでも摘んでも

野原いちめん星ばかり
だから　なかなか帰れなくってね

ペコちゃんと親友

博多区中洲三丁目のかど
を曲がるときはご用心ください
声のない笑いの波動に出会うから
気配ですよ　けはい
ペコちゃんの

この街がいく度も再開発で変わる前
歓楽街の入口の路面電車が走る大通りに

映画館と喫茶店バンビと洋裁店と
寿司屋と飲み屋とレコード店と本屋と
デパートの上には虎と大蛇と熱帯魚
小さな観覧車と稲荷神社と鳩が
幸せにひしめきあって
わにわにわに　暑苦しい笑いのお面
大橋の上には物乞いの兄と妹
あ　兄さんと幼いわたし
だったかもしれない一瞬だけ

忘れないよペコちゃん
二等身ほどのおまえが頭振りふり
街のキャンデーストアに立っていたこと

あの白い飴は歯にくっついて
好きじゃなかったけどね
もう一人の双生児みたいな男の子
夜ふけに二人手をつないで
散歩していたのを知っている
仲よくわにわにわにわに

その笑顔こわかったよ
あれは誰?

ポコちゃんはあたしの親友
ずっとずっと親友よ
(おまえはきっとした顔で)

日本中にいるのシンユウが
（えっ　センユウ？）

そういえば何年もあとに
銀座でも会った有楽町でも会った
たしかに二人して親友の笑顔
もう何も訊ねなかった
そうやっていつまで　なんて

センユウは墓でしか会えない
シンユウはこころ移ろう
夏が過ぎれば暗黙の別の親友に
それがシンユウの時の法則

わにわにわに笑いながら
シンユウは登録も変更届けもしない
ポコちゃんは大きなのびをして
ふらりと新しい道の角を曲がった
大橋を渡ってそのまま歩いて行った
なんどか振り返ったかもしれない
ポコちゃん失踪
ペコちゃん行方不明

博多区中洲さま変わりした大通り
ときどき夜の虹が立ち
幼いままの笑い声だけが残る

*
*

バベルの部屋

あおい空
不埒な雲がぽっかり
と

ひと日ひと夜
琉球朝顔がのびて茂って絡んで
ラジオから語学講座が流れっ放し

ハングル語のあとは中国語
イタリア語にスペイン語にロシア語
――ナニナニがナニナニする
――ナニナニにナニナニさせる
えっ　なになに？

――ダイチェ　ムネェー
――わたしにナニナニをください
こんなにたくさんナニナニがあります
これ以上なにを　なにを？
もっとアレを　もっとソレを
なにおっ！
窓の外を一羽の白い鳥が

ところにより昼から雨
また英語ドイツ語アラビア語
目的もなく部屋じゅうに
世界のナニナニがナニナニする
昼ダニューブ河の小波がたち
夜コロラドの月が冴え渡る

アモイでは北の風　風速15メートル
ウラジオストック　雪　北北西の風
モッポ　曇り　風向風速ともに不明
ユージノサハリンスク　天気不明
満月の裏　晴れ　風向風速不明

そして　ずうっと
部屋には誰もいない

ノヴァ・スコティア

ある日　耳に入ってきて
そこに居ついてしまったのです
声にしたら晴れ晴れと

ずっと後にノヴァ・スコティア
外国の州の名だと知りました
大きな川が海に注ぐあたり
男女の群れが佇んでいました

いいえ写真ではありません
外国に行ったこともないのに
はっきり見えたのです

夢にノヴァ・スコティア
朝一番ノヴァ・スコティア
大バカヤローと繰りかえして
くやし涙のノヴァ・スコティア
行き詰まってノヴァ・スコティア
何でも咬んでもノヴァ・スコティア
ああ　なつかしいノヴァ・スコティア

口の中はノヴァ・スコティアで一杯だ

ところでノヴァ・スコティアはどこ
何も知らないノヴァ・スコティア
ここでないノヴァ・スコティア
新しい町ノヴァ・スコティア
古い国ノヴァ・スコティア
夢のノヴァ・スコティア

雲のまにまに夏が過ぎ
男は砂の城を建てては壊し
娘はきまって遠く旅たつ
それでノヴァ・スコティア
町のお婆さんやお爺さんとも
知り合うことができた

昼の灯台　海どり　牡蠣の寝ごと
それからそれから大波小波それから
潮だまりのごつごつした岩に座り
飽きずに海とあいさつを交わし
立ち上がるときにお婆さんが
どっこいしょと言ったので
とてもおかしかった

どっこいしょ　だって
ノヴァ・スコティア

旅　とはいっても

トスカーナの村々を過ぎて
親愛なる車はローマに向かう街道を走っていた
車のラジオからは「ショーペラ〜ショーペラ〜」
イタリア全土のストの模様が繰り返される
ローマ帝国のうつくしい崩れた水道橋をあとに
なだらかに連なるオリーブ林の丘を越えて越えて
糸杉の館を横目に眺めレストランを探しながら
ストの中　わたしたち三人と古い車は腹ぺこで

いつ昼食とガソリンにありつけるのか

そんなことより
空の頭の一隅にタルコフスキーが蹲っている
先ほど寄った廃墟めいた温泉保養地を
彼は『ノスタルジア』のロケ地に選んだのだ
彼の映画フィルムにはいつも水が越境している
その一帯も水に浸食された石灰質の地層があった
ざらりとした岩肌のレースの手ざわりの名残り

街道の瘤みたいな集落に粗末なレストランが見えた
扉を開けるとカードに興じる男たちが一斉に目を向ける
店の老姉妹が二人分の食事なら、と言った（らしい）

太ったお婆さんは悪い足をかばいながらよく働く
大理石の床は冷えるからリューマチには悪い
お爺さんたちはワインを飲んでよく笑う

二人分の食事を三人で分け合って食べる
外には小寒い石畳の坂を黒い背広の老人たちが
散歩をしているのか用があるのか三々五々と
小さなお婆さんも大きなお婆さんと腕を組み
人間になった黒い猫たちがゆったり歩いているような
年老いた子どもばかりが隠れ暮らす村のような
村の標識は　acqua pendente
「宙吊りの水」あるいは「滴る水」の村か
水滴が地底を穿ち秘密の通路をつくっている

ストにも観光遺跡にも美術館にも無縁の村の
といっても　狭い地域のそこにこそ　日々があり
むかしハーメルンの山の割れ目に消えた子どもたちが
水の穿った網目状の抜け穴を辿ってこの地に現れ
いまは連れだってみな老いた子ども
雨だれの　既視のノスタルジア

どこにもありそうでどこにもないあの村は
何もなかったのによく思いだすイタリアの迷所
バスの通らないバス停前の何でも屋で
交換日記のような花模様の手帳を買った
とはいっても旅のことも記さず

いまだに真っ白　いや　ここにも水がしみて

別置された旅の記憶をいく度も旅しながら
辿るたびに鮮明な書き割りが広がる時間《とき》の丘
行ってもいい行かなくてもいい　遠くへは
一九九三年一一月の最後の日
それは何の記念日でもないのだけど

雲の本棚

きょう雲の図書館はお休み
仕方がないので
空を見て過ごしました
ぼんやりと暗い空です
低い空を飛行機が横切って
雲だか空だかわかりません

夜になって風が出て

いくつもの雲が流れ去り
月がビルの間に覗くと
ぞくりとして身内が騒ぎます
おさな友だちの狼おとこ
それとも青い鳥を捕らえたあの二人が
帰ってくるところでしょうか
静かに砂利を踏む靴音が響いて
返却期限を過ぎた雲が
部屋の本棚からこぼれます
ひつじ雲　いわし雲　わた雲
刻々と夕日に染まり
ターナーの描いた空と雲も
いまは縮こまって固まって

ぼろ布のようです

あしたは晴れるといってますが
晴れたら海辺の図書館に
本棚の雲を返しに行きます
それから　やっ　と
あのひとを　きらいに
なるのです

被害届け

睡眠妨害です　迷惑です　脅しです　今まで庇ってきたのに不誠実です　尊大にも　本はえらいと思っていて　そのくせ裏で陰湿です　自分のしたこと隠しながら　何も知らないというのです。

非常扉
非常口
非常階段
非常ベル

常時どこかで目にしている
あけたい逃げたいおりたい押したい

本を開ける
本に逃げる
頁の裏に抜ける
そんな読み方しちゃいけません
そこから先へ行っちゃいけませんッて
ほら　また非常ベルが

夜　本棚から抜けだした
まっぷたつの子爵が

善悪のこころに引き裂かれ
木のぼり男爵はいまだに
世界と折り合いがつかず
樹から樹へと窓の外を過ぎる

リラダン伯爵は羽根ペンかざし
生活なんざ他人にまかせて
未来のイヴとおたのしみ
はにかみ屋の穴掘り公爵その隙に
ところかまわず地下道を掘り廻らせ
幽囚の侯爵からは伝言ばかりで
化粧に手間どり本棚の貴族に遅れて
ドラキュラ伯爵もご到着

夜ふけの優雅な饗宴から
でたらめな虚頭会議のひと騒動

非常ベルとまらない
非常口見つからない
非常扉あかない
非常階段ねじれすぎ
まいばんの非・非常

朝
棚のあちこちに
本が動いた形跡がある
なま乾きの血痕が点点点点

こんな落花狼藉が続けば
あしたこそ警察に電話してやる
しぶい刑事さんに来てもらう
だめならアル中でない
オトコまえの探偵を雇う
髭はあってもなくてもいい
被害者は被害届けを出す

公・侯・伯・子・男だって？
なに　それ　泣けてくるね
そんな勲章これ見よがしに

わたしはただの一市民

まいあさ自転車で出勤する
だから本棚のいかれた奇族たちよ
夕方までに元の場所に
ちゃんと戻っておくことッ！

＊おすすめ本
『まっぷたつの子爵』、『木のぼり男爵』イタロ・カルヴィーノ
『未来のイヴ』ヴィリエ・ド・リラダン
『穴掘り公爵』ミック・ジャクソン
『サド侯爵の生涯』澁澤龍彦
『ドラキュラ伯爵のこと＝ルーマニアにおける正しい史伝』ニコラエ・ストイチェスク

秋、晴れた日に

そうですか
もう小寒いのですか　そちらは
高い梢の葉群れから降る
木漏れ日に目を奪われて
季節が過ぎたことさえ
気づかずにいました

部屋の片隅にとめた一枚の写真

画鋲は錆びてしまったが
手札サイズの風景は錆びずに
雑木林の道が続いている
遠近法の見本どおりに
細くなってのびる道
その木立ちの先の暗がり

とりとめのない休日には
手札サイズの林の奥を
どこまでも歩いて戻ってくる
きのうは歯ブラシをくわえた狐と
黄色の旗をもった子鹿に出あった

茸採りの少女が三人行方不明という
早い落葉を踏んで奥へ奥へ
道はしだいに湿っぽい森に続き
いつか行った奇想庭園の主ボマルツ氏が
影うすい後姿を見せて佇んでいた
この先に巨大な石の怪物の庭がある
いく度かのカットバックを遠景にして
大きな団栗の実をひろった

とおくで銃声がひびく

そうですか
そちらはもう木枯らしのころですか

夢から夢へ

きみは夢の中にまでも
約束に遅れて走ってくる
その靴音の響きは感動的だ　といっても
夢の入り口で呼吸を整え
そこから息をはずませて駆けて来る
そのことは分かっているのだが

それから乱れた呼吸のままで

二度くらい頭を下げる
約束の時刻に遅れた時は
謝るのがとても素直
とても心から（に見える）

あなたは夢の中にまでも
早く来過ぎている
といっても　夢の入り口なんて
いつも読む本の扉ほどにしか
思っていないのは知っている
夢って怠け者の病だよ（そう聞こえる）

読みかけの本を閉じて

謝りのことばも聞かずに
早口で語りかけて笑う
さあ　どこかへ行こう　と
ここが　そのどこかなのに

わたしは夢の中までも迷っている
といっても
どこからが夢なのか分からない
夢の境界なんてどの地図帳を拡大しても
記されてないのだから

夢の中で怒っている

誰にだか分からないまま

ねじれた心をもてあまして
四月の魚がバカなら
三月の魚には毒がある（なんて）
無意味な台詞をつぶやいて
自分の声で目が覚める
その時わたしは笑っていたのだ
いや　怒っていたのだよ

とうに廃止路線になった家の前を
深夜バスが音もなく走る時間帯に入った
永く会ってない人もう会えない人

きのう会った人これから会う人が
バスの窓に一瞬の表情を張りつけて過ぎる
わたしはカーテンの隙間から
夢から夢へ亡命する月光バスを見送る
三番目に座った人はわたしのようだった

バスの後に朝がダダーッとダンスして足踏み
連なる夢の出入口で息を調整している
それじゃあ　遅れないように

小夜曲

メリーさんが一人
メリーさんが二人
メリーさんが三人

羊は眠れない
メリーさんが百にん
メリーさんが二百にん

メリーさんはつれない
仔山羊さんでも羊さんでも
メリーさんにとっては
どちらでも同じみたい
毎日あんなに遊んだのに

羊さんは眠れない
あしたが心配で
老い先が不安で

メリーさんが三百にん
メリーさんが三百十にん
メリーさんが三百十一にん

ますます羊さんは眠れない
かわいいメリーさん達が
跳ね回ってうるさくて

羊は眠ることをあきらめた
メリーさんといえば一人だけ
そんなころを思い出し
涙ぐみながら
のびた顎鬚一本ずつと
空の星を数えはじめる

それから小さい声で
メリーさん　おやすみ

ドリーちゃんも
おやすみ

屠書館パート日誌

1

ジョーホー・ジョーホー
並んだ端末機が絶え間なくささやく
いかに速く　いかに正確に
一冊一冊の図書情報を入力していくか
そのために本には私的な興味をもつな

三十年の勤めを終えた図書館で
分室の新参パートタイマーとなる
さわさわとした時間の切り売り
それはむかしも同じだったが
なにかが違う　かすかに何かが
たとえば時間が粘つかない
人も粘つかない無名の心地よさ

ドライアイのお嬢さんたちが
一斉に指を滑らせるキイボード
窓の外では大きな桑の木が揺れて
大小の黒い鳥がとまっている
入力は一冊でも多くといわれて

リカちゃん人形は目薬をさして頑張る
入力が一件すむたびに桑の木に鳥がふえる
きょうは枝がしなうほどにはかどった

三月　桑の葉かげに小さな緑の粒つぶ
この大枝を張った木が桑と知る人は少ない
朝夕そばを通ったのに三十年経って
はじめて気づいた木の正体
それまでは　ただの無名の木だった
分類も登録もされなかった木のすこやかさ
やわらかな陽が音たてて噛んでいる
四方に伸びた薄緑の透ける葉を

2

本はエライと思うこともあったが
エライと思う人はめったにいなかった
仕事のホコリともジシンとも無縁だった
本は好きだったが図書館も図書館の本も
好きでなかった　埃のような規則だらけで
本は情報というお化けになって
ジョーホー・ジョーホー　警報が響く

五月　窓から緑の大枝が見える
地下の保存書庫から埃だらけの本を
台車に積んで運び上げ順に目録に入力する

色あせた旧帝国大学の林学教室の古い書物たち
ドイツ帝国の髭文字が埃の下から咳払い
表紙には金色の双頭の鷲が型押しされている
リカちゃんが覗き込んで　わ　綺っ麗な本
その声に金色の陽光が心もち翳りだす
登録されずに育った桑の木に鳥が一羽二羽……
そうか　この大学には蚕学教室があったのだ
忘れられた学問の交易路にゆれる絹の残光
実学と産学から見放されて一本残った木は
あめ風と陽の自由を受けて枝葉をひろげ
名も知らぬままに大きくなって　桑の木
葉裏に隠れてつつましい自由の実が色づいていく

追い抜きもしなかったかわりに
踏みつけにもされなかった
控え目というのでもなかった
お調子者だがおだての競争には無縁だった
内から外から図書館を眺めて
内から外から本と人につきあって
ほんと　面白くて楽しかった
本と　本と　本と　何か
何かとは　なにか
なにかに　そこまで近づいているのに
手にとろうとすれば逃げていく
目を離して知らんふりすると
なにかがやって来る

くるな　くるな　といって

3

朝いちばん　地階の保存書庫に入ると
なにかの気配が充満している
黴と埃と紙の臭いにまじった本の夢
それとも本の欲望　どこか人間くさい
忘れられた場所に特有の空気が

赤ちゃけた森林学の書物の図版のなか
ウィーンかプロイセンの若い森林警備官が
大木の根かたに銃と身をもたせ

いまも　つば広帽子を膝に置いてまどろんでいる
スパッツをつけた足もとの湿った地表には
すみれに似た野草が見える
徽章つき制服の若者は何を夢見ているのか
その眠りを覚まさぬように静かに閉じる
きみが守った人と森の樹木は
双頭の鷲の忌まわしい威信のもとで
無事に生き延びたのか　きみの恋とともに

誰もいない書庫に続くひそかな森の道
葉ずれの音にまじって大きなくしゃみが聞こえる
あ　お父さん　（登山服にソフト帽の父が）
やあ　おまえか　きょうは植林演習だ

迷子にならぬよう早くお帰り
ポマードと木肌の匂いをかすかに残して
父は書架の林の奥へすたすた消えていった

変色した目録と照合して本を抜きだし
いずれ廃棄される書物のための仕事に励む
かつてわたしが受け入れて整理した本を
いま同じ手で屠りの準備をする
黴　埃　染み　虫食いの痕に覆われ
豪華な本もざら紙の本も有名も無名も
一冊ごとに本自身のものたがりと来歴をもち
裸の本は無言の行く末に身をまかせる

六月　入梅が遅れて陽ざしが暑く
高い枝の桑の実が熟れはじめている
帰りに若い仲間たちと袋いっぱいに実を採る
いつの間にか一人ふえているのを誰も気づかない
あの森林警備官がはにかんだ顔で
異郷のはしゃぎ声にまじって枝を見ている

あかい実を口にすると甘酸っぱく
仄かなうぶ毛がくすぐったい
来週からわたしは森林警備官と別れて
地質学の書架列にうつる

*
*
*

転居通知

この春
長かった仮棲まいを終えて
川のこちらに引っ越しました
お近くまでおいでになられても
どうぞ　けして
お立ち寄りにならないでください
まだ早すぎます

眺望絶景大気清浄
西向きとは言え日当たり良好
うめ・さくら咲き誇る晴朗の地ですが
意外に
いや　予想どおり退屈なところです
電話なし　ケータイ圏外　交通不便の地
コンビニ　スーパー　ファミレスもなし
もちろんカラオケにクリニックも
それでもお越しになりたい方は
満月から三日目のかはたれどき
川霧の晴れ間に浮かぶ小舟を見つけ
こんこんこん
舟べりを軽く三度叩けば

静かに舟はすべり出し
こちらまで無事に
送ってくれるでしょう
道中は時間に急かれることもなく
舟酔いもせずに夢見ごこち
着いてからの心配はご無用です
すれ違う人みな善人
お知り合いにも出会うでしょう
あんなに嫌いだった人が
妙になつかしかったり
遥かな年月が伸び縮みの遠めがね

賑やかな健康志向の人びとが

死んだことさえ忘れて行き交い
笑いさざめく当地です
いずれお越しになられるときは
どうぞ川のそちらの方々の
悪口を手土産にしてください
みんな喜ぶでしょう
努力精進のはての
六根清浄お山は晴天でも
桃源郷は退屈なところですから

追伸
ご承知でしょうが
戻りの便はありません

画皮に逢ったら

画皮という妖怪が中国にいたそうな
美人の皮を被ったお化けらしい
もちろん　出逢ったことはない
被ってどうしたのか訊いてみたい

きれいな人を好きだから
画皮らしき人は何人か知っていた
ある画皮らしき人は

美しかったことを偲ばせるが
隠す心がないので底まで見えて
妖怪にはほど遠い

覗いても覗いても
見えない井戸の謎をもつ画皮
一度だけおともだちになってみたい
そして　仮のお誕生日に
互いの皮の取り替えっこをして
あたしは　雲の舟に乗って逃げる
（やあい）

雲の舟から見ていると

街には幼い画皮候補者が
いっぱい漂っている
仕草もおなじ　声もおなじ
かわいいが　ただ　それだけ
（じゃないかも知れない）
横に並びみんなで皮の取り替えっこ
画皮1号　画皮2号　画皮3号……

自覚のない妖怪修行に飽きると
少しずつ不安の皮を脱いで
にんげんのお母さんになる
（それもいいな）

雲の舟を漕いでいると
あっ　死んだはずの母さん
よそ行きの皮を被ってどこ行くの
修行の足りぬ同士
あっけらかんと奥まで見えて

ことばも顔も他人《ひと》様のものを
黙って借りてはいけません
と　言い置くと雲を掻き分け
母はあっさり消えていった

秋ふかく

マネキン人形ばかりを
撮る写真家がいる
彼女が写すのは腕がもげたマネキン
鼻の先が欠けたマネキン
転がった首から上のマネキン
倉庫に吊された脚だけの行列
横たわっていつまでも眠らないのは
少年と少女の裸体のマネキン

光も影も滑り落ちそうな

なぜマネキンばかりを撮るのですか？
マネキンには心がないからです
心がなければどんなに楽かと思うのです
（そう　わたしだって）

心がなければ心がないことも分からない
散らばったたくさんのマネキンの写真
何か言いたげに開きかけた口から
ことばが出ないのは心がないからか
しいっ　声が聞こえるみたい
（でも　なあんにも）

心がないマネキンの幸せと
影を無くした男の不幸せについて
帰る道すがら考えてみた
むつまじく寄り添って　ふたり
百年生きても悲しみを知らず
千年生きても影は戻らず

夏　バカが過ぎて辛い日が続いた
眠る前に小出しに泣いた
夜中に目覚めて心がよじれた
わけを言ったら笑われると
鍵をかけたまま秋になった

涙にも怒りにも幸せは宿る
そう思え　と言った人がいた
思え思え思え　と思ったとき
誰かれの影を懐かしいものに思った

忘れ星

なにを忘れないでというのか
もとはと言えば見落とすほどの
目立たぬ小花の忘れ草
黙って咲けばいいものを
見て見てここよ
おセンチとかおセッカイが
寄ってたかって　な忘れそと

忘れて　忘れて　なにもかも
星といっしょに

うまおいかけて

うまがおいかけてくるのです
　え　うまが？
はい　馬がですね　まいあさまいばん
　ほう　毎朝毎晩　どこから？
そりゃ　うしろからですよ　へんですか？
　いや　へんじゃないけど
あーんして　大きな声を出して
馬の声をだすんですか

いえ　あなたの声ですよ
まあ　いやらしい　せんせ
さくらさいて　ちって　まださいて

おんながおいかけてくるのです
え　おんなが？
はい　女がですね　まいあさまいばん
ほう　毎朝毎晩　どこから？
そりゃ　まえからですよ　へんですか？
いや　へんじゃないけど
あーんして　ちょっと声を出して
女の声を出すんですか？
まさか　きみの声ですよ

そんな　はじしらずな　せんぱい
　きみの声だよ　なにが恥知らずなもんか
それよりちゃんと診察してくださいよ
研修じゃないのですから
ほら　あの女が　また窓の外に
はながちって　ちって　またさいて

かんじゃがおいかけてくるのです
　え　かんじゃ　ですか？
そうです　患者が　まいあさまいばん
　ほほう　毎朝毎晩　どこから？
あっちからも　こっちからも　へんでしょ？
　ははぁ　それはへんですな

もっと話してください調書をとりましょう
そんな　脅してもだめですよ　お巡りさん
なにが脅しですか　初めから説明をして下さい

いや　その目はわたしを疑っています
きっと犯罪者にしようとしています　わたしを
でもね　せけんが許しませんよ世間が
　犯罪者を追うのはわたしの務めなのです
ほらね　そういって　追っかけてくる
ドーン　と机を叩いたって喋りませんからね
あんたは毎日わたしをつけ回しているでしょ
あんたこそストーカー　立派な犯罪だ
　なにをいってるんですか支離滅裂なことばかり

ちゃんと出るところに出て話してください
へっ　地を出してきましたね
つぎはカツ丼を出すつもりですか
医者の立場からいえばあれはよろしくない
それは善良なカツ丼に対する冒瀆です
そちらこそ善良な市民を侮辱している
いや　ただしい日本語を陵辱するものだ
ふん　ニッポン語はすでに腰パン並みだよ
おや　腰パンがなぜ悪いのだ？
腰が悪いのか　パンが悪いのか？
どっちだって同じなんだよ
それはコトバと品位のもんだいだ
はは　何かといやぁヒンヒン馬みたいに

だから　馬が追ってくると初めにいったろ
あれは女だったろうが　さくらのせいにするな
大体あんたは患者か医者か　おい！
オイとはなんだ　一般市民を愚弄するのか
あんただって　一般警官を愚弄してるぞ
お巡りだなんていうな　犬じゃないんだ
官憲の犬っていうじゃないか　猫ならいいのか
それは一般犬や一般猫に失礼だろうが
せめて黄粉黒豚くらいにしてくれ
これじゃいつまでも埒があかない
仕切り直しをしようじゃないか
よーし　わかった　だがな
医者と警官はコトバ知らずといわれてるんだ

ちゃんと一般ニホンゴで話すんだぞ
望むところだ　詩人じゃあるまいし
死後硬直した詩語の使いまわしなんて

おまたせしました
こちら調書になります
これでよろしかったでしょうか?
はい　ぜんぜん　大丈夫です

空はくるりと裏返しになり
犬と猫が笑いながら次つぎに降ってきた　馬も

これはたのしいどしゃ降りだ
けれど　ぼくの帰る家は
もう　なかった

目の記憶

考えごとをしていたら
やよいの空も泡立ち
最近目がかすんできた
黒い小さなものが音もなく
横っ跳びに流れていく
消えたと思えば頭の裏を一周して
また左へと視野を流れる
これか　飛蚊症って

蚊取線香の効き目もないので
放し飼いにしていたら
本の活字のあいだを
勝手に跳び跳ねしている

翌朝は天気がよくて
さくらの枝ごしに空を見上げると
おぼえのある男の顔が
へへへへと笑い顔で流れていった
あっ　飛男症ってこれか
目をこすって　うるさいねっ
さくらの花にかすんで消えて

またも目の端から現われる
喧嘩はあとが悲しいので
好きにさせておいた
この　あほたれ

県庁に行ったついでに
展望台から海をながめると
今度は鯨が目の中を横切って泳ぐ
がばり　がばり
これは飛鯨症うれしいね
加齢にともなう網膜剥離症と聞く
ある日には目からうろこが落ちたり
おとこが剥離したり鯨が剥離したり

ものごとを逃げずに見据えろ
といわれたが立派なことは剥離する
なさけなさも剥離する
そこで伸び縮む記憶を頼りに
ふにゃらら　と生きる

杞憂曲

「うれしいと脚がひとりで喜ぶのよ
喜んでスキップ　遊んでスキップ」
脚はぎくしゃく　リズムには乗れず
ちっとも楽しくなかった
わたし　小学一年生
このまま大人になったらどうしよう
先生　蟻がわたしの脚を登ってきます
コロシテもいいですか

「むかし天が崩れ落ちないかと
杞の国の人が心配したから
心配しすぎることを杞憂というのだ」
わたし　中学一年生
スキップはいまだにできず
ほかにもできないことばかり
あれも心配　これも心配
このまま大人になったらどうしよう
先生　ウソつき娘は罰被《ばちかぶ》り姫になるのですか
本当は　わたしの父は狼オトコです
わたしのやさしい母は猫オンナです
きのうの夜たしかに見たのです

でも　あれも忘れ　これも忘れて
わたし　大人になりました
これ以上大人になったらどうしよう

ながく忘れていましたが
わたしスキップもできるのです
スキップで跳ばすと場面が一足飛び
数えられないきのうが一瞬に消えてしまいます
先生　きのう世界のあちこちで
地面の底がいきなり抜けました
あれは　調子にのってはしゃぎすぎ
みんなでスキップしたせいですか

天から清らかな音楽が降ってきます
あれは歓喜の曲でしょうか

わたしの叔父さん

わたしの叔父ふたり
まっとうに暮らして
うんと昔にふつうに死んだ

父の兄弟はこれきりなのに
なぜか行方不明の叔父がもうひとり
わたしにだけはいる気がしていた
いつかの大晦日の夜遅く

母は声をひそめ、呑気な父も眉を顰めて
噂のかけらを繋ぎあっていたようだ
――アノヒトが来ても知りませんよ
――いいからアレのことは忘れておけ
そばで寝ていたわたしは小さな胸が痛んだ
アノヒトが来たらどうしよう
アレが来たら　どうしよう

あけて元旦の座敷
父は無頓着と威厳と一緒に屠蘇を注ぎ
母はなにごともなくやさしかった
姉と兄たちはいつも通りにふざけていた
終日火鉢に炭が爆ぜ

うららかな正月が過ぎた

それからもアノヒトが来ることはなかった
アレの話も耳にすることはなかった
けれども　夜中に目覚めた布団のなかで
電線を渡る風の音に身をすくめながら
わたしはアノヒトのことを心配した
家の近所で見知らぬ草臥れた男に遇えば
アノヒトではないかと思った

何年もたち成人した姉にアレのことを訊ねた
姉はそんな叔父はいないと一笑して
一冊の文庫本を開いてくれた

モーパッサンの短篇「ジュール叔父さん」
そこにはアノヒトがまるごといた

こんな人どこの家にも一人はいて当たり前
心配の種だけど悪くはないの
それから謎の一言をきっぱり残し
姉はスカートを翻して出て行った
わたしね上向きの人って嫌いよ

上向きの人生を採らずに姉は逝った
そして　叔父さん《アノヒト》はどこかに生きている
わたしは曲り角で迷うたびに
叔父さんが傾いて通っただろう方を選んできた

わたしの　なつかしいなさけない叔父さん
きょうも見かけた　街で　駅で
その名はジュール叔父さん

わらい星

この更地十日前まで家があった
庭もあった家族もいた
すでに枯れる木もないのに
吹き抜ける風は木枯らし

雲が吹き千切れて
しんと静まった夜更けのいっとき
親しかった笑い声があちらから

こちらからも降るように
笑い家族が星座になっても笑っている
「天に星」と言うだけで吹きだす家族だった

どうだい　生きてるって味は
星にも年功序列があると知って
きょうは皆で笑っちゃった
きらきら星にかがやく勲章だとさ

そっちに居たとき土星の輪っかを見て
げたげた笑った男がいたが
それ思ったらまたおかしくて
ウルサイとどなられた

しいっー　夜です
お静かに

くらげの自己責任

ある朝めざめて
ちょっと　ちょっと
お宅の屋根からヘンなものが
ご存じなんですか　はあ

けたたましい声に起こされて
庭に出てみると　たしかに
くらげが凧のように連なって

空にのぼって揺れていた
いち　にい　さぁん　しい……
とりあえずヘンな眺めにうっとり

どうかしてもらえませんか　と
ご近所パトロールの奥さんが二人
はぁ　どうかするって？
子どものためにならないんですよ
だらだらと意地も誇りもなくして

行方不明だった叔父さんまでやってきて
第一この町の景観をそこねるじゃないか
ああ叔父さん　意地も誇りもなくして

この家系の景観をそこねっ放しの叔父さん
どうして天然くらげを愛せないの

とにかく何とかしてくださいよ
そうです　お宅の自己責任でね
すぐに髭たてた新聞社も来ますから

夜になっても髭の新聞社は来なかった
その間にもくらげはどんどん増えていく
くらげの自己責任に連なって

東の空から赤い月が出て次第に薄くなっていく
月にくらげはよく似合う　さみしいな

と　叔父さんが　のっそり
ほら　缶ビール

それより　じつは風呂場には
子くじらが一頭　流れついてきて
細い目で笑いながら育っている
くにゅくにゅ　くじらの意地と誇り

あとがき

むかしから地図や土地の名に興味を抱いた。小学校の自由課題といえば、古い世界地図帖に白紙を当てて写し、色分けの大陸名や半島名を書いて飽きもせず提出した。これは地理や歴史の知識とは無関係な子どもの一人遊びに近いものだから、先生が毎回何も言わずに返して下さるのが有難かった。その時、この地図写しをなぜやるのかと尋ねられたら、うまく説明できなかっただろう。もちろん、今でも。

十一年ぶりに、溜まっていた詩の半分くらいを拾って一冊に編んだ。「秋に出る詩集は信用できない」と言った詩友に同意しながらも、こうなった。

詩集のタイトルを「ノヴァ・スコティア」にしたのは、このタイトルに意味が張り付いていないからである。Nova Scotia は普通ノヴァ・スコシアと言うらしい。けれどもわたしの地図帳では、これでいいのだ。

収録詩の多くは同人詩誌に発表したものである。各誌の方々のご厚意、とりわけ「六分儀」の先輩詩人たちと、長いあいだ編集の労をとって下さった古谷鏡子さん、小柳玲子さんに深く感謝いたします。

また前詩集と同じく、いずれも優れた読み手である石風社の福元満治さんと装丁家の毛利一枝さん、細やかなご協力にお礼を申しあげます。最後に、この詩集を手にして下さる方にも。

２０１０年晩夏

樋口伸子

初出一覧

＊

夜の庭「六分儀」5　一九九九年四月
春のゆうれい「六分儀」14　二〇〇二年四月
短夜のひこうき雲「西日本新聞」二〇〇八年七月※
天使のお通り「六分儀」20　二〇〇四年四月※
素返し「蟻塔」47　二〇〇〇年九月
声と声「六分儀」19　二〇〇三年十二月
夏休み「六分儀」18　二〇〇三年九月※
帽子の理由「蟻塔」42　一九九八年九月
星摘み「六分儀」28　二〇〇六年十二月
ペコちゃんと親友「六分儀」27　二〇〇六年八月

＊＊

バベルの部屋「六分儀」31　二〇〇八年一月
ノヴァ・スコティア「六分儀」34　二〇〇九年二月
旅　とはいっても「六分儀」16　二〇〇二年十二月
雲の本棚「交野が原」68　二〇〇七年五月

被害届け「蟻塔」48　二〇〇一年二月
秋、晴れた日に「きょうは詩人」9　二〇〇三年十一月
夢から夢へ「きょうは詩人」1　二〇〇一年五月
小夜曲「六分儀」11　二〇〇一年三月
屠書館パート日誌「六分儀」22　二〇〇四年十二月

＊＊＊

転居通知「六分儀」29　二〇〇七年四月
画皮に逢ったら「六分儀」6　一九九九年八月
秋ふかく「六分儀」7　一九九九年十二月
忘れ星「六分儀」28　二〇〇六年十二月
うまおいかけて「六分儀」37　二〇一〇年六月
目の記憶「六分儀」17　二〇〇三年四月
杞憂曲「六分儀」33　二〇〇八年十月
わたしの叔父さん「六分儀」15　二〇〇二年八月
わらい星「六分儀」28　二〇〇六年十二月
くらげの自己責任「六分儀」35　二〇〇九年七月

※　初出詩を大幅に改稿した

樋口伸子（ひぐち のぶこ）
1942年3月、熊本県人吉市に生まれる。福岡県福岡市在住。
西南学院大学（英文科）中退後、早稲田大学（第二仏文科）卒業。
主な同人詩誌 :「蟻塔」を経て「六分儀」、「耳空」に参加。
既刊詩集 『1284年の風――ハーメルンの笛ふき男』（小冊子）、
『夢の肖像』、『図書館日誌』、『あかるい天気予報』
現住所 〒812-0067 福岡市東区筥松新町3-23-1002

詩集 ノヴァ・スコティア
二〇一〇年十月十一日初版第一刷発行
著者 樋口伸子
発行者 福元満治
発行所 石風社
福岡市中央区渡辺通二―三―二十四
電話〇九二（七一四）四八三八
ファクス〇九二（七二五）三四四〇
印刷 正光印刷株式会社
製本 篠原製本株式会社